ORLANDO NILHA

OBAMA
Barack Obama

1ª edição – Campinas, 2019

"A transformação só acontece quando pessoas comuns se envolvem, se engajam e se unem para reivindicá-la." (Barack Obama)

MOSTARDA EDITORA

Durante o século XX, os Estados Unidos da América (EUA) se transformaram numa grande potência mundial. Com mais de 325 milhões de habitantes, o país possui o exército mais poderoso e a maior economia do planeta.

O cinema, as séries de TV, a música e a tecnologia dos Estados Unidos estão presentes em países dos cinco continentes. Por outro lado, os EUA também têm os seus problemas, como crises econômicas, racismo e guerras.

Por esses motivos, ser presidente dos Estados Unidos é ser considerada a pessoa mais influente e poderosa do mundo.

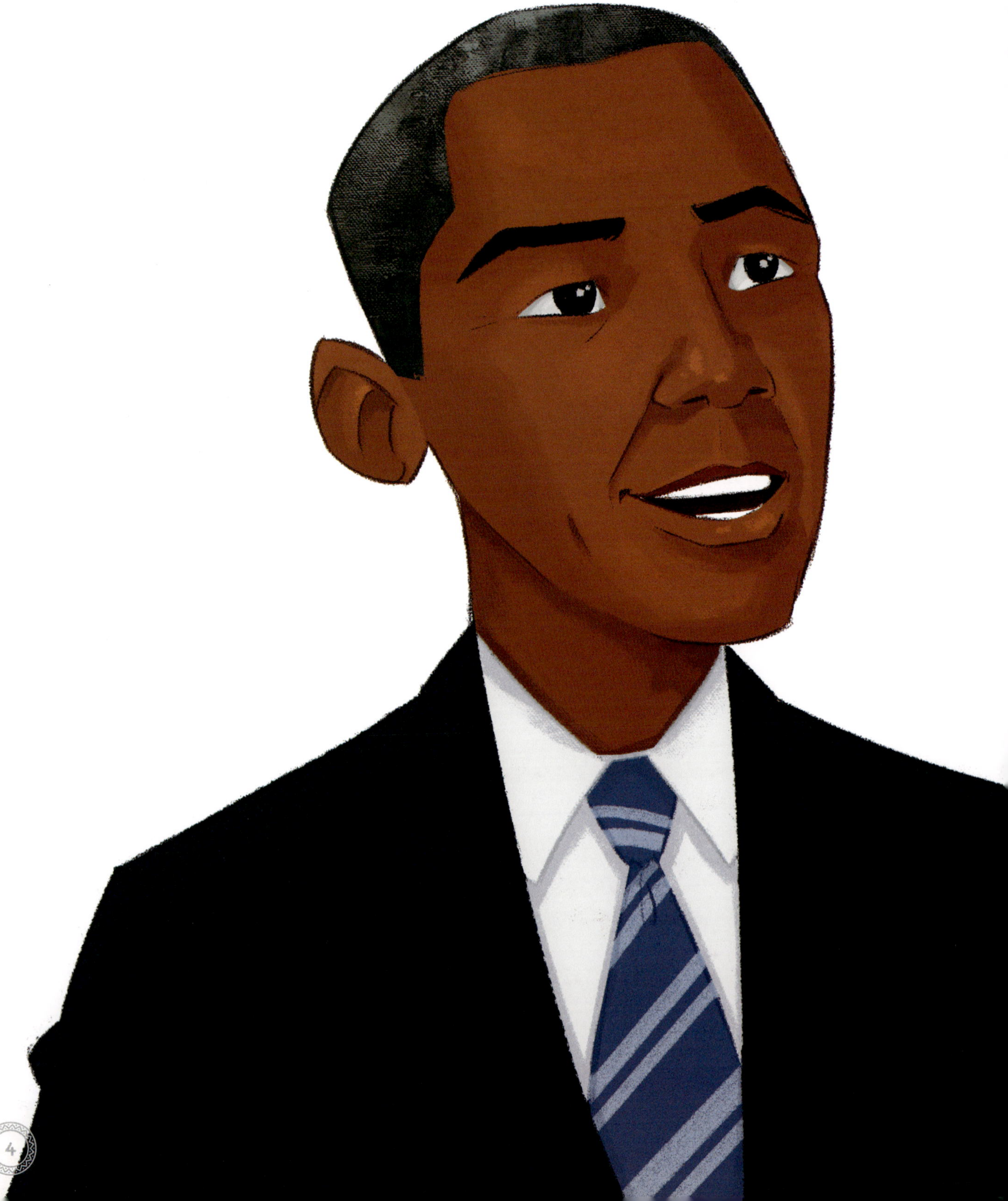

Barack Obama foi o 44.º presidente dos Estados Unidos. Negro, inteligente, simpático e ótimo com as palavras, Obama gravou o seu nome na história como o presidente da "esperança" e da "mudança". Sua trajetória é um exemplo de dedicação e persistência. Afinal, comandar uma potência como os Estados Unidos não é tarefa fácil para ninguém.

Como ele mesmo disse: "Nós escolhemos a esperança em vez do medo. Nós vemos o futuro não como algo fora de controle, mas como algo que podemos moldar para melhor por meio de um esforço coletivo".

Barack Hussein Obama II nasceu em 4 de agosto de 1961, na cidade de Honolulu, no estado norte-americano do Havaí. Obama leva o "II" no nome porque seu pai se chamava Barack Hussein Obama. Assim, o filho passou a ser Barack Hussein Obama "Segundo".

O seu pai nasceu no Quênia, país do continente africano, e estudou na Universidade do Havaí, onde conheceu uma estudante norte-americana vinda do Kansas, Ann Dunham, com quem se casou e teve um filho.

Quando Obama tinha dois anos, o casamento acabou, e seu pai voltou para o Quênia. Mais tarde, sua mãe se casou com o indonésio Lolo Soetoro, com quem teve uma filha, Maya. Dos 6 aos 10 anos de idade, Obama viveu com a mãe, a irmã e o padrasto na Indonésia, onde estudou em escolas públicas e aprendeu a língua local.

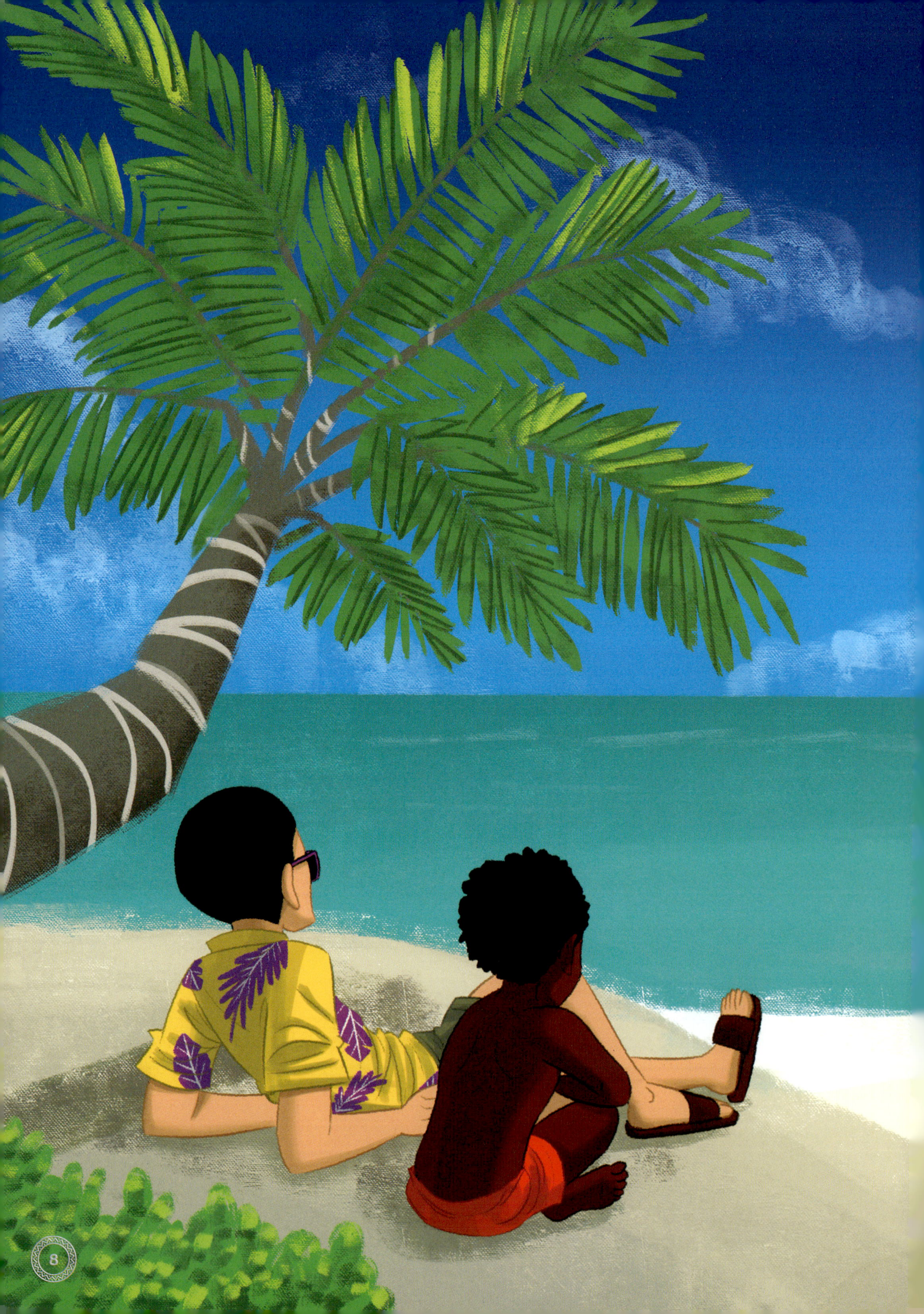

Em 1971, Obama voltou para Honolulu e passou a viver com os avós maternos. Nesse ano, seu pai foi visitá-lo: foi o último encontro entre os dois. Sua mãe voltou para o Havaí em 1972, onde continuou seus estudos, mas, em 1975, partiu outra vez para a Indonésia. Obama escolheu ficar com os avós.

Na escola, demonstrava ser um menino inteligente e aberto ao mundo. Superava a diferença entre os alunos e passava com facilidade de um grupo a outro: os *nerds*, os esportistas, etc. Nesse período, já manifestava sua admiração por basquete, paixão que jamais abandonaria.

Em 1979, Obama se mudou para Los Angeles, na Califórnia, e estudou na Occidental College, faculdade onde o seu interesse por política começou. Em 1981, visitou a mãe e a irmã na Indonésia.

No mesmo ano, quando voltou, pediu transferência para a Universidade Columbia, em Nova Iorque. Passava boa parte de seu tempo livre lendo obras de filosofia e literatura no pequeno apartamento onde morava. No ano seguinte, recebeu um telefonema informando que seu pai havia morrido em um acidente de carro no Quênia.

Depois de se formar em Ciências Políticas, Obama se mudou para a cidade de Chicago em 1985 e passou a realizar serviços comunitários em um bairro de baixa renda. Foi nesse período que descobriu o lado "prático" de fazer política.

11

Em 1988, Obama viajou para a Europa e para o Quênia, onde conheceu a família paterna. Ao voltar, entrou na Harvard Law School, a Escola de Direito de Harvard, e morou na cidade de Somerville, no estado do Massachusetts. Aluno brilhante, entrou para a história como o primeiro negro a se tornar presidente da *Harvard Law Review*, a célebre revista de estudantes do curso.

Durante as férias de verão, em 1989, Obama foi para Chicago trabalhar em um escritório de advocacia. Lá conheceu Michelle Robinson, que já era formada pela Escola de Direito de Harvard, e os dois começaram a namorar. Depois de conseguir o seu diploma, Obama voltou de vez para Chicago em 1991. Passou a se dedicar aos direitos civis e se tornou professor da Universidade de Chicago.

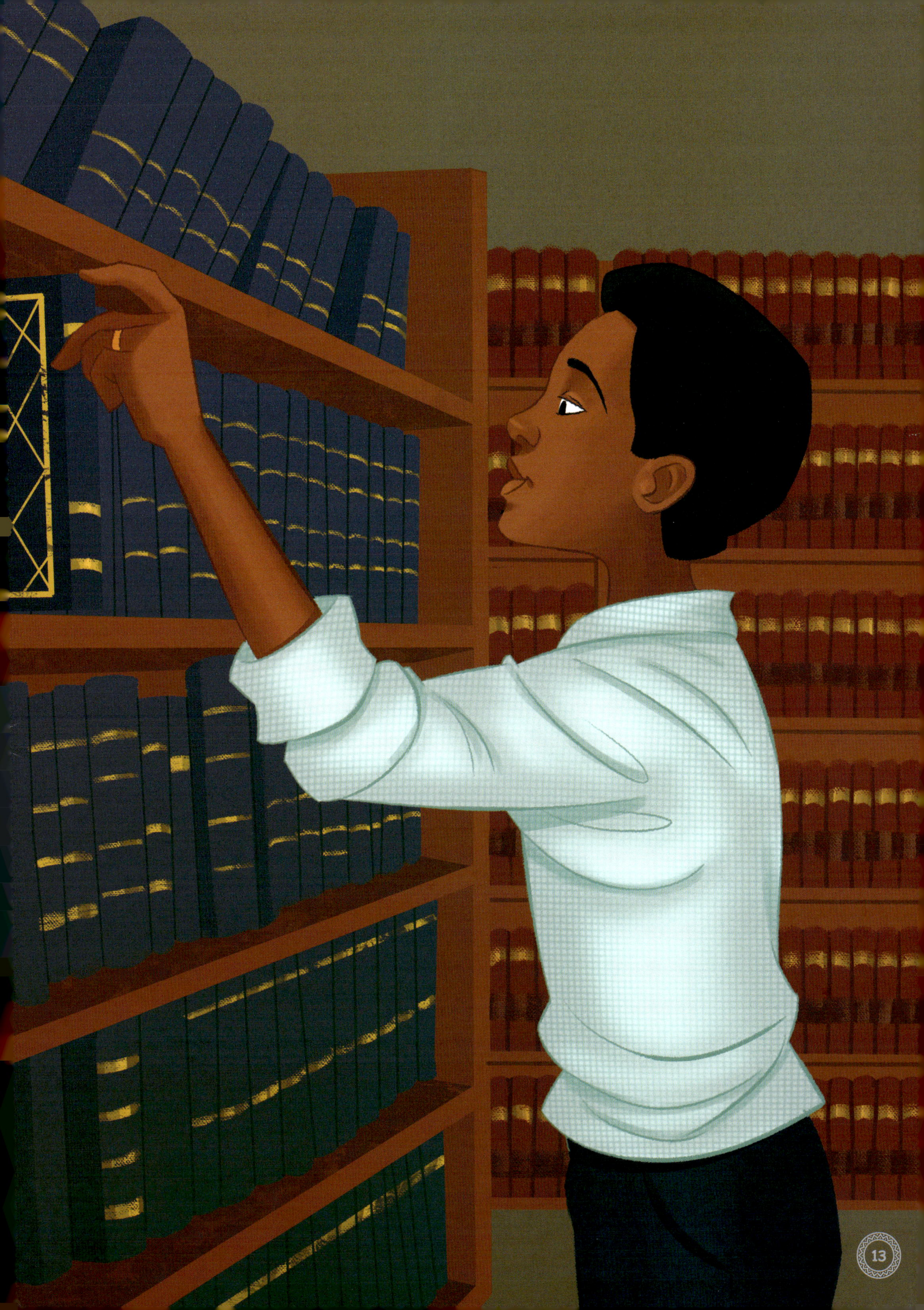

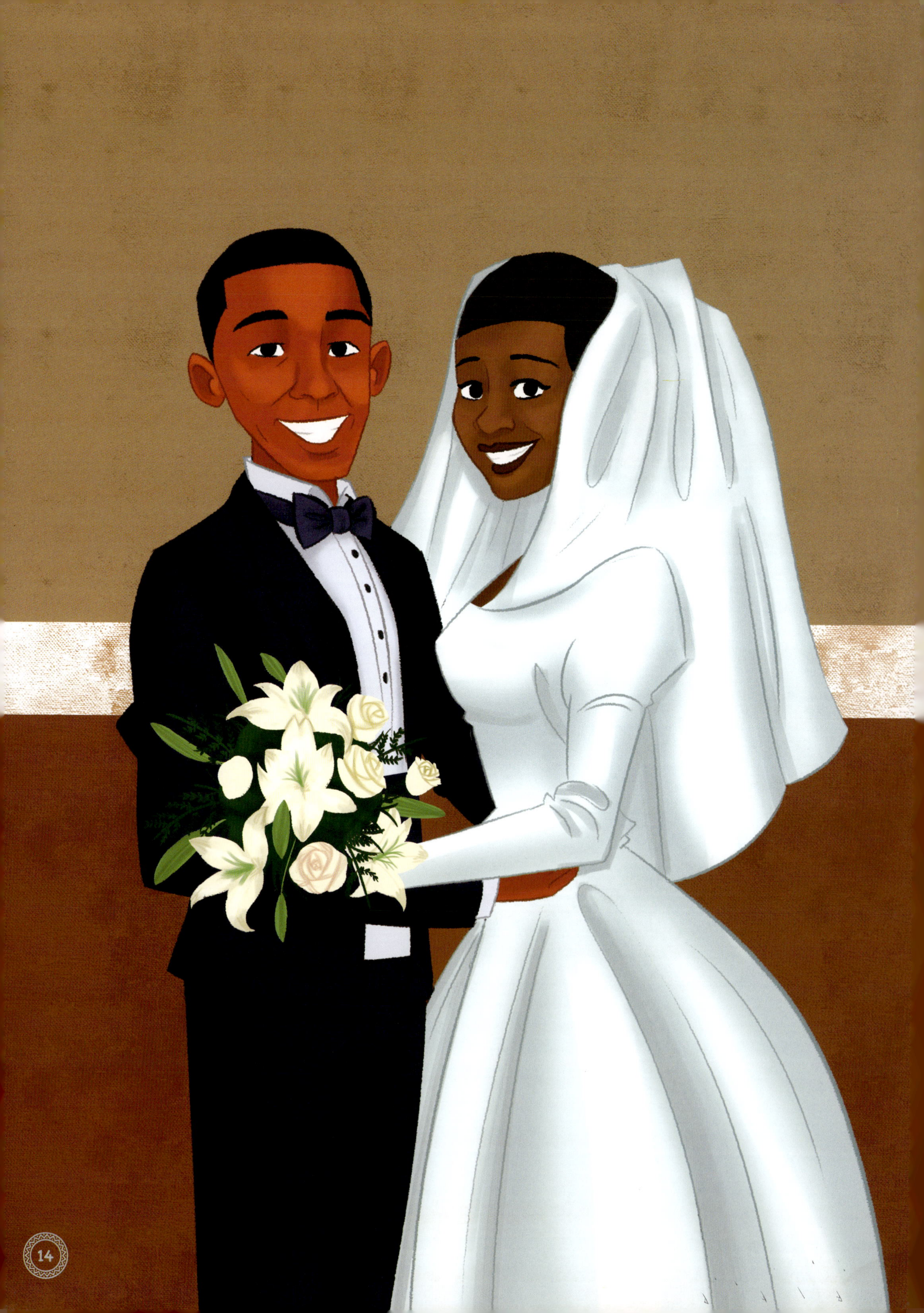

Certa noite, durante o jantar, Obama pegou a mão de sua namorada e lhe disse que não via muito sentido em se casar. Michelle, irritada, passou a discutir o assunto com o namorado. Nesse momento, o garçom apareceu com um prato de sobremesa coberto por uma tampa de prata. Quando ele ergueu a tampa, onde deveria haver um bolo de chocolate, estava uma caixinha de veludo, e, dentro dela, um anel de noivado.

Obama e Michelle se casaram em 3 de outubro de 1992, numa tarde ensolarada de sábado. Eles passaram a lua de mel viajando de carro pelo norte da Califórnia. O casal teve duas filhas: Malia, em 1998, e Natasha, em 2001.

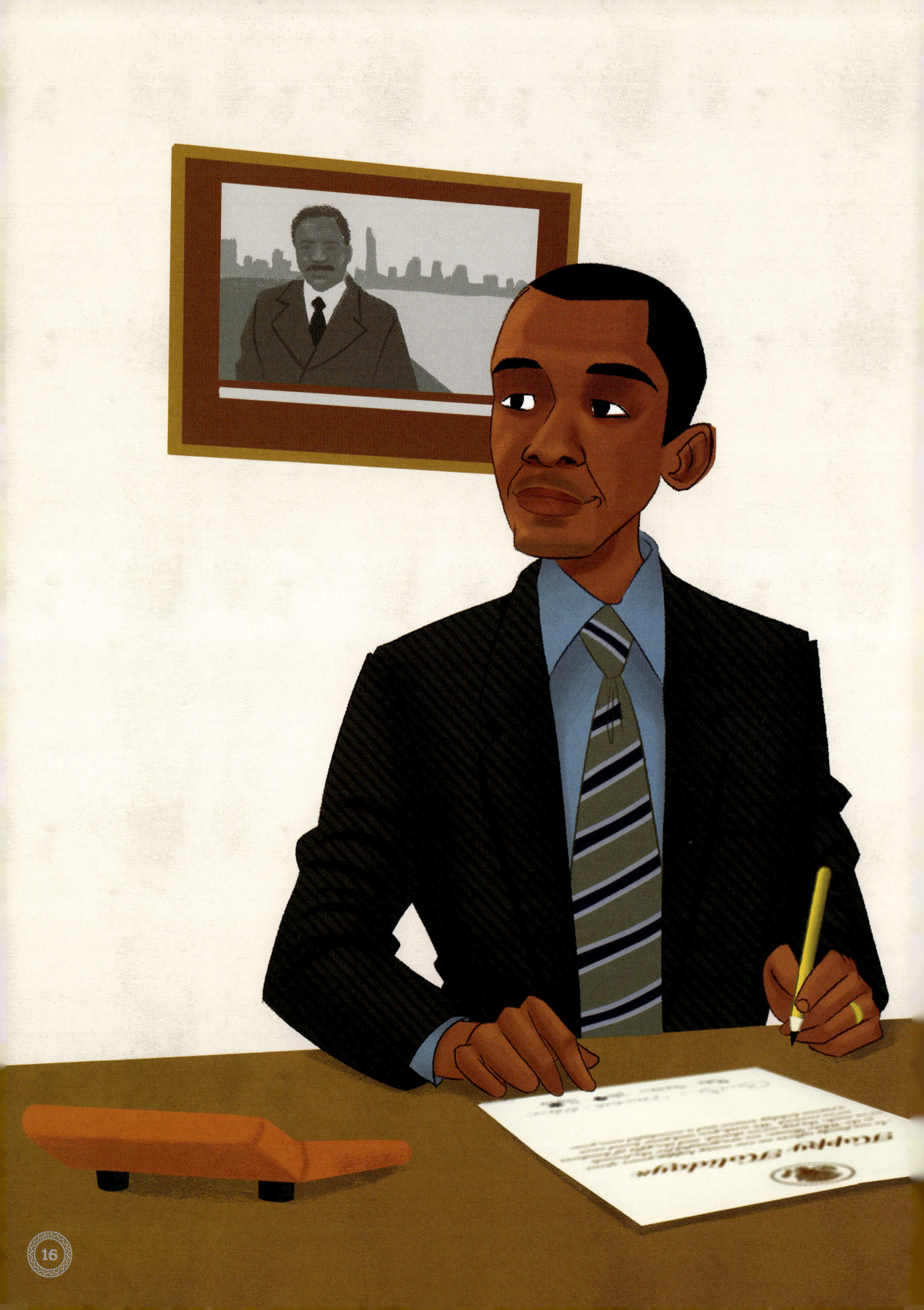

Em 1995, Obama lançou o livro *A origem dos meus sonhos*, em que conta sua trajetória e reflete sobre questões raciais. O livro foi muito importante na sua ascensão política. Em 1996, foi eleito pelo Partido Democrata para o senado do estado de Illinois. Atuou no auxílio aos trabalhadores de baixa renda, na defesa da saúde infantil e no combate à discriminação racial. Foi reeleito senador estadual em 1998 e em 2002.

Em 2003, Obama discursou num grande comício em Chicago e se posicionou contra a Guerra do Iraque. Orador talentoso, tornou-se figura de destaque no Partido Democrata. No fim de 2004, foi eleito para o senado dos Estados Unidos.

A política dos Estados Unidos é dominada por dois grandes partidos: o Partido Republicano e o Partido Democrata.

A maioria dos membros do Partido Republicano apoia ideias conservadoras nos costumes, como a defesa do porte de armas e a proibição do casamento entre homossexuais, e defende que o governo não deve interferir na economia, deixando que os negócios se organizem sozinhos.

Por outro lado, boa parte dos integrantes do Partido Democrata apoia ideias liberais nos costumes, como o casamento entre pessoas do mesmo sexo e a defesa de minorias, como negros, latinos e imigrantes. Os democratas acreditam que o governo deve interferir na economia para garantir uma distribuição mais justa das riquezas.

Existem outros partidos menores, mas que nunca elegeram presidentes.

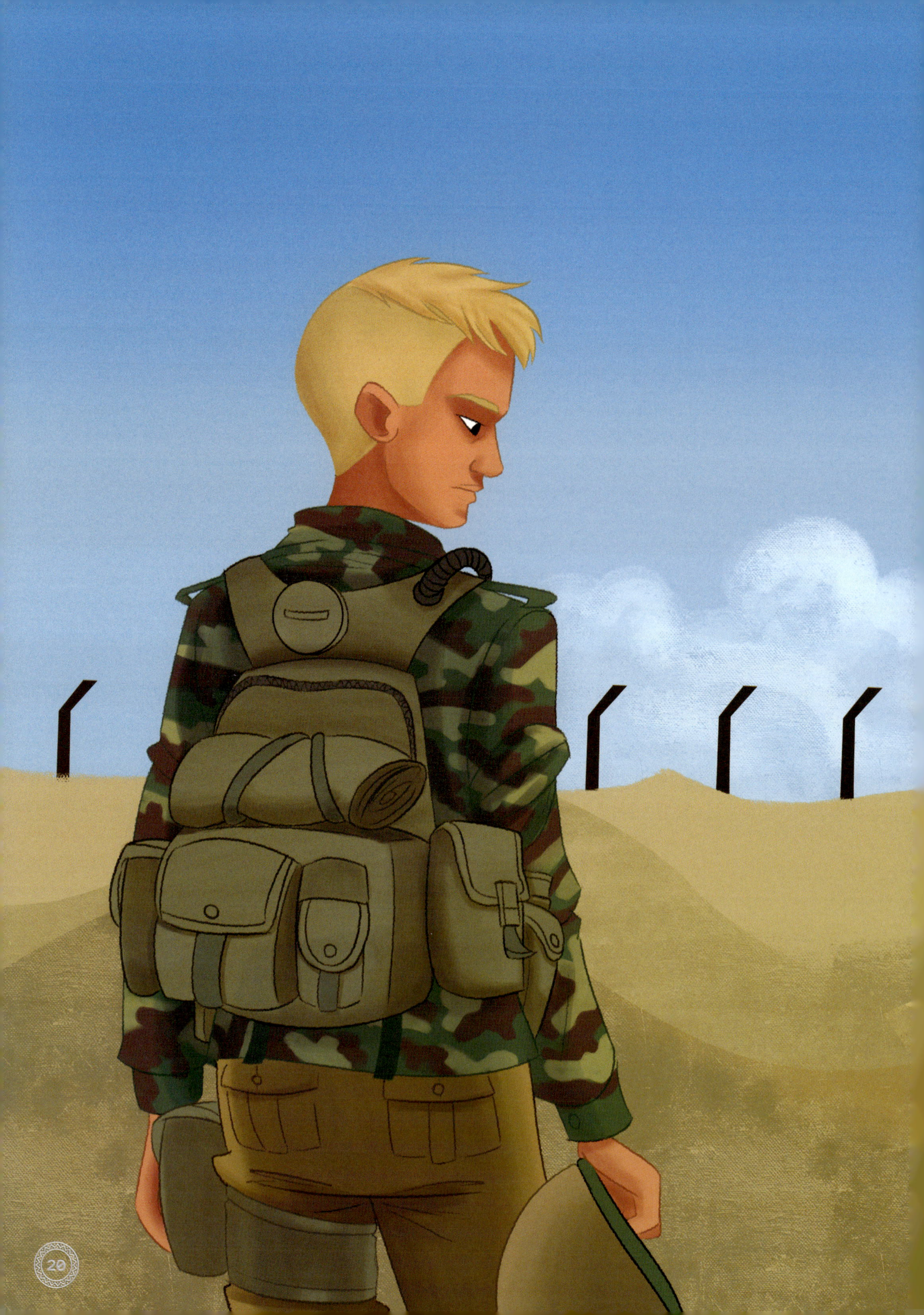

Como senador federal, Obama defendeu uma lei que aumentou a ajuda dos Estados Unidos para a República Democrática do Congo, país africano afetado por uma guerra devastadora. Entre outras ações, apresentou um projeto de lei que tinha como meta remover todos os soldados norte-americanos do Iraque.

Em 2007, Obama anunciou que seria candidato à presidência dos Estados Unidos. Filho de um negro queniano e de uma branca do Kansas, Obama simbolizava a possibilidade de superação das diferenças. No ano seguinte, uma grave crise afetou a economia do país, causando muitos desempregos, e os lemas escolhidos para a sua candidatura foram "mudança" e "esperança". A frase "Yes, we can", que significa "Sim, nós podemos", ganhou os quatro cantos do mundo.

A campanha eleitoral de Obama inovou a maneira de fazer propaganda política. As ações se voltaram para a internet e as redes sociais com o objetivo de incentivar a população a ir votar, pois o voto não é obrigatório nos Estados Unidos. Assim, o número de eleitores que compareceu às urnas foi recorde.

O adversário de Obama nas eleições foi John McCain, que concorreu pelo Partido Republicano. No dia 4 de novembro de 2008, Obama se tornou o primeiro negro a ser eleito presidente dos Estados Unidos. Ele conseguiu mais de 69 milhões de votos, sendo o presidente mais votado da história do país. Houve comemorações em todo o país e em muitas cidades do mundo, inclusive na aldeia dos ancestrais de Obama, no Quênia.

No primeiro ano como presidente, Obama conheceu as dificuldades de estar no comando do país mais poderoso do mundo. Ele não conseguiu realizar algumas de suas promessas de campanha, como o controle da venda de armas e o fechamento da prisão de Guantánamo, onde estão os suspeitos de terrorismo.

Por outro lado, conseguiu progressos importantes, como o início da retirada das tropas norte-americanas do Iraque, a diminuição da emissão de gases do efeito estufa para conter o aquecimento global, o investimento em energias renováveis, como a geração de energia solar, e a permissão para que homossexuais assumidos pudessem servir nas Forças Armadas.

Em outubro de 2009, Obama venceu o Prêmio Nobel da Paz por seus esforços para reduzir os estoques de armas nucleares e por seu trabalho pela paz mundial.

25

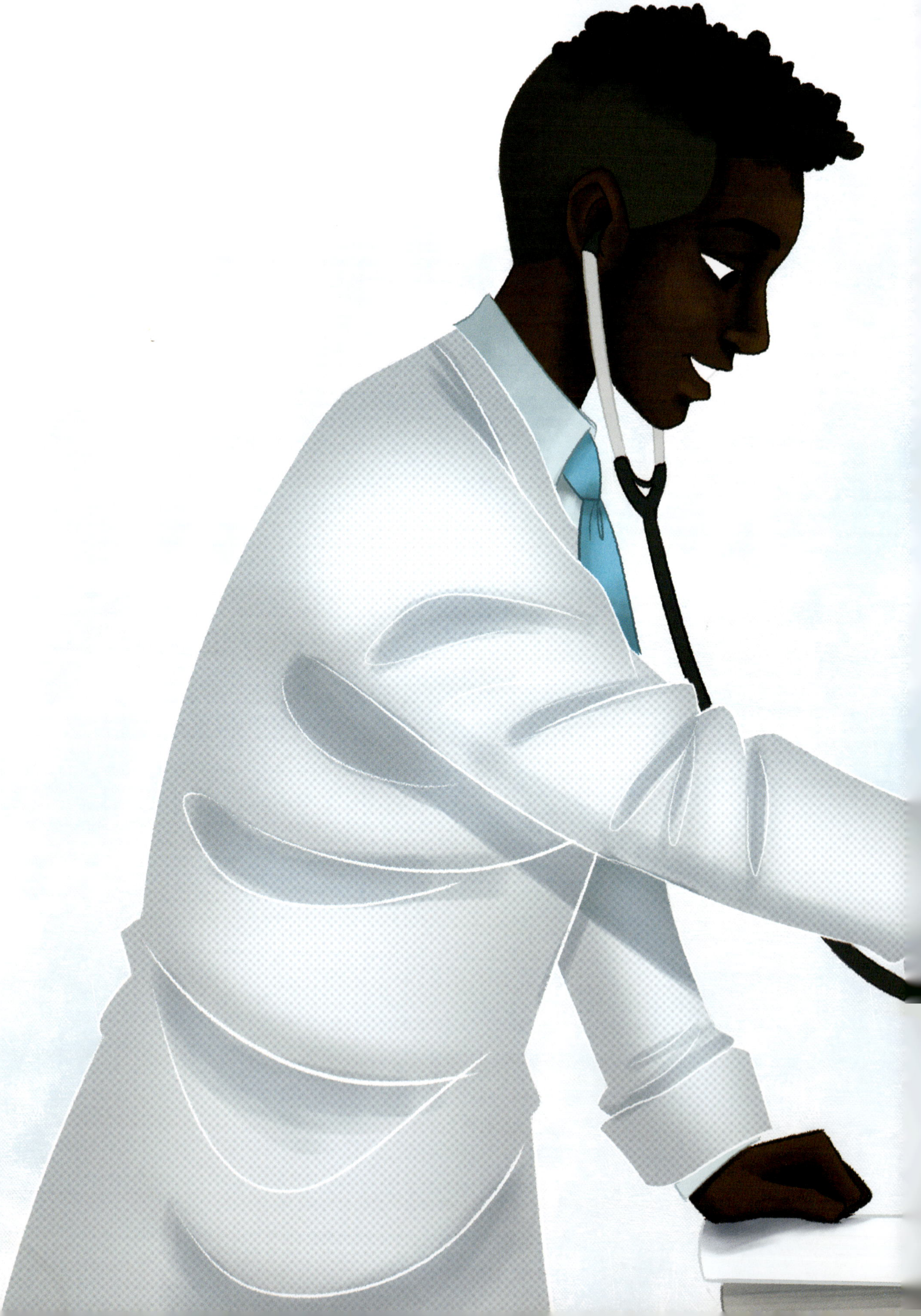

Em 2010, Obama aprovou o *Obamacare*, famoso projeto que reformou o sistema de saúde do país. Como não há um sistema de saúde gratuita nos Estados Unidos, a não ser para cidadãos de baixa renda, o *Obamacare* aumentou o acesso das pessoas aos planos de saúde, que tiveram seus preços controlados. Além disso, os planos de saúde públicos para a população de baixa renda foram ampliados. Milhões de pessoas passaram a ser beneficiadas pelo *Obamacare*, que se tornou um marco do governo de Obama.

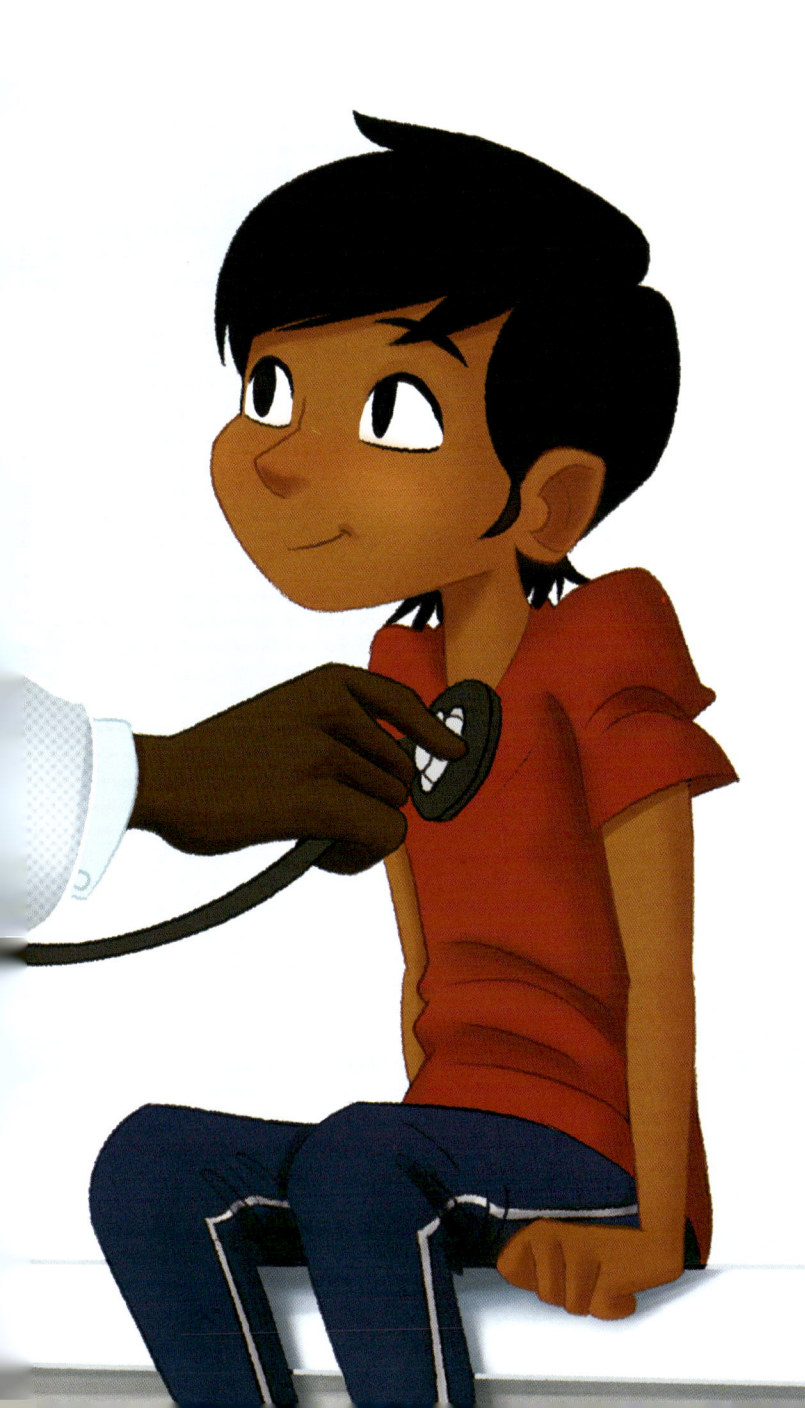

Em 2012, Obama disputou as eleições presidenciais contra o republicano Mitt Romney, e foi reeleito com mais de 65 milhões de votos. Com isso, tornou-se o segundo presidente democrata a ganhar duas vezes com mais de 50% dos votos populares. O primeiro havia sido Franklin Roosevelt, em 1936.

No discurso da vitória, em Chicago, Obama disse aos eleitores: "Como foi por mais de dois séculos, o progresso vai vir com ajustes e recomeços. Nem sempre é uma linha reta, nem sempre é um caminho fácil".

O governo de Barack Obama foi marcado por enfrentar uma grande crise econômica, reformar o sistema de saúde, apostar na diplomacia no lugar do militarismo, negociar uma reaproximação com Cuba e defender os direitos LGBT.

Com seu jeito seguro, sorridente e tranquilo, Obama ajudou a melhorar a imagem dos Estados Unidos pelo mundo. Em 2017, quando deixou a presidência, seis entre cada dez norte-americanos aprovavam seu governo.

A família Obama continuou vivendo na capital do país, Washington. Obama e Michelle, duas das pessoas mais conhecidas do mundo, costumam visitar escolas e programas educacionais para conversar com os jovens. Também realizam palestras em diversos países do mundo sobre direito das mulheres, liderança jovem, programas de saúde, etc.

O principal resultado de seu governo, contudo, foi demonstrar que é possível lutar por uma sociedade mais justa, sem preconceitos e diferenças sociais, como demonstram as palavras do ex-presidente: "Não há uma América liberal ou conservadora, uma América branca ou negra, há os Estados Unidos da América".

Querido leitor,

A editora MOSTARDA é a concretização de um sonho. Fazemos parte da segunda geração de uma família dedicada aos livros. A escolha do nome da editora tem origem no que a semente da mostarda representa: é a menor semente da cadeia dos grãos, mas se transforma na maior de todas as hortaliças. Assim, nossa meta é fazer da editora uma grande e importante difusora do livro, e que nessa trajetória possamos mudar a vida das pessoas. Esse é o nosso ideal.

As primeiras obras da editora MOSTARDA chegam com a coleção BLACK POWER, nome do movimento pelos direitos dos negros ocorrido nos EUA nas décadas de 1960 e 1970, luta que, infelizmente, ainda é necessária nos dias de hoje em diversos países.

Sempre nos sensibilizamos com essa discussão, mas o ponto de partida para a criação da coleção ocorreu quando soubemos que dois de nossos colaboradores, Renan e Thiago, já haviam sido vítimas de racismo. Sempre os incentivamos a se dedicar ao máximo para superar os obstáculos e os desafios de uma sociedade injusta e preconceituosa. Hoje, Thiago é professor de Educação Física, e Renan, que está se tornando um poliglota, continua no grupo, destacando-se como um dos melhores funcionários.

Acreditando no poder dos livros como força transformadora, a coleção BLACK POWER apresenta biografias de personalidades negras que são exemplos para as novas gerações. As histórias mostram que esses grandes intelectuais fizeram e fazem a diferença.

Os autores da coleção, todos ligados às áreas da educação e das letras, pesquisaram os fatos históricos para criar textos inspiradores e de leitura prazerosa. Seguindo o ideal da editora, acreditam que o conhecimento é capaz de desconstruir preconceitos e abrir as portas do pensamento rumo a uma sociedade mais justa.

Pedro Mezette
CEO Founder
Editora Mostarda

EDITORA MOSTARDA
www.editoramostarda.com.br
Instagram: @editoramostarda

© A&A Studio de Criação, 2019

Direção:	Fabiana Therense
	Pedro Mezette
Coordenação:	Andressa Maltese
Texto:	Gabriela Bauerfeldt
	Maria Julia Maltese
	Orlando Nilha
Revisão:	Marcelo Montoza
	Nilce Bechara
Ilustração:	Leonardo Malavazzi
	Lucas Coutinho
	Kako Rodrigues

Nota: Os profissionais que trabalharam neste livro pesquisaram e compararam diversas fontes numa tentativa de retratar os fatos como eles aconteceram na vida real. Ainda assim, trata-se de uma versão adaptada para o público infantojuvenil que se atém aos eventos e personagens principais.

Dados Internacionais de Catalogação na Publicação (CIP)
(Câmara Brasileira do Livro, SP, Brasil)

```
Nilha, Orlando
    Obama : Barack Obama / Orlando Nilha ;
[ilustrações Leonardo Malavazzi]. -- 1. ed. --
Campinas, SP : Editora Mostarda, 2019. --
(Coleção black power)

    ISBN 978-65-80942-02-2

    1. Obama, Barack, 1961- - Literatura
infantojuvenil 2. Políticos - Estados Unidos -
Biografia - Literatura infantojuvenil
3. Presidentes - Estados Unidos - Biografia -
Literatura infantojuvenil I. Malavazzi, Leonardo.
II. Título. III. Série.

19-29397                               CDD-028.5
```

Índices para catálogo sistemático:

1. Barack Obama : Biografia : Literatura infantojuvenil   028.5
2. Barack Obama : Biografia : Literatura juvenil   028.5

Cibele Maria Dias - Bibliotecária - CRB-8/9427